BANQUET

ET

CONFÉRENCE ROYALISTES

DE POITIERS

10-17 OCTOBRE 1880

POITIERS

IMPRIMERIE OUDIN

4, RUE DE L'ÉPERON, 4.

1880

BANQUET

ET

CONFÉRENCE ROYALISTES

DE POITIERS

10-17 OCTOBRE 1880

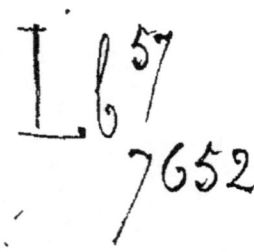

BANQUET

ET

CONFÉRENCE ROYALISTES

DE POITIERS

10-17 OCTOBRE 1880

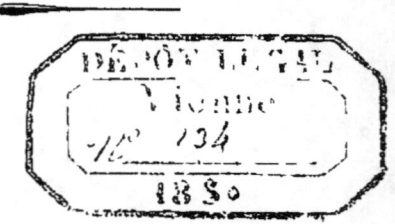

POITIERS

IMPRIMERIE OUDIN

4, RUE DE L'ÉPERON, 4.

1880

BANQUET ROYALISTE

DE POITIERS

10 OCTOBRE 1880

———

La France royaliste a eu hier dans notre ville l'une des manifestations les plus brillantes, les plus émouvantes, les mieux réussies qu'ait produites la magnifique série de démonstrations populaires qui viennent d'avoir lieu sur tous les points du pays pour l'anniversaire de la naissance de Monseigneur le Comte de Chambord.

Ordre parfait, cordialité absolue, entrain plein de convenance, enthousiasme général, réunion d'illustrations, concours de toutes les classes de la société, allocutions éloquentes, vivats et toasts chaleureux, rien, en un mot, de ce qui rend une fête de famille politique imposante, significative et féconde en enseignements, n'a manqué à ce banquet royaliste de Poitiers.

Son succès a dépassé même ce que permettait d'attendre la réunion qui s'était effectuée l'année dernière à pareille époque.

Cette fête de la fidélité, de l'espérance et du patriotisme, au témoignage de tous ceux qui ont eu la satisfaction d'y prendre part, a été littéralement splendide.

Les nombreuses personnes qui avaient été admises à visiter la salle avant la réunion se sont déclarées émerveillées du coup d'œil qu'elle présentait.

La famille de Lusignan, qui représente si bien dans notre capitale du Poitou les nobles traditions de la vieille France, avait bien voulu mettre son vaste hôtel à la disposition des organisateurs du banquet.

M. le comte Adhémar de Lusignan, qui avait accepté la mission, si laborieuse, de préparer cette réunion, s'est acquitté de sa tâche avec une entente, une activité, un désintéressement, un dévouement qui lui ont mérité des éloges et des remerciements unanimes.

La cour de l'hôtel de sa famille avait été transformée par ses soins en une salle d'une énorme étendue, formée d'une tente immense étayée sur un parquet érigé à plusieurs mètres du sol.

Cette salle, d'un aspect grandiose, était complétée par une annexe en retour, le tout contenant une trentaine de tables rangées sur trois files de 25 places chacune.

La table d'honneur en fer à cheval, élevée sur une estrade adossée au fond de la salle, pouvait s'apercevoir à ses deux extrémités.

La décoration d'ensemble du local dans lequel avait lieu le banquet était d'une véritable magnificence. Admirablement appropriée au caractère de la fête, elle en donnait à la fois le sens patriotique et l'expression artistique.

Toutes les travées et les cimaises qui formaient la carcasse de cette salle improvisée étaient enguirlandées de feuillages, de mousses, de fleurs. Les tables elles-mêmes étaient garnies de plantes de serre.

Trente trophées de drapeaux blancs, bleus, fleurdelisés, avec écusson royal, de guidons, d'oriflammes de même couleur, garnissaient le pourtour de la tente. On se serait cru dans cette salle des étendards dont Walter-Scott a fait, dans un de ses romans, une description si saisissante.

Mais cette décoration générale si réussie était rehaussée par l'ornementation monumentale de la partie de la salle dans laquelle se trouvait l'estrade d'honneur.

La paroi, revêtue du haut en bas d'une tenture fleurdelisée, offrait jusqu'à une hauteur de dix pieds l'aspect d'un jardin d'hiver dans un merveilleux massif de plantes exotiques de toutes les familles et de toutes les dimensions.

MM. Rayer et Geay, deux horticulteurs en renom de notre ville, avaient fourni et aménagé cette flore décorative.

Le premier avait donné les arbres et les plantes colossales du fond.

Le second avait apporté un riche contingent de *dracenas*, de *ficus* et de *Chambords*.

Au milieu de ce superbe massif se dressait un socle monumental, surmonté d'un buste représentant le chef de la Maison de France dans un mouvement de tête qui est l'expression si adéquate de la noblesse chevaleresque, de la loyauté et de la royale fierté de son caractère.

Le pied du buste était orné, à droite et à gauche, de bouquets blancs, d'une circonférence énorme, sortis des jardins de M. Geay et façonnés par lui de main de maître.

Aux deux côtés du buste étaient appendus de grands cartouches à fond blanc bordé de bleu qui, comme ceux qui alternaient dans toute l'étendue de la salle avec les trophées, rappelaient les plus mémorables paroles qui soient sorties de la bouche du Chef de la Maison de France, paroles qui semblent coulées dans le moule même de la royauté d'un saint Louis, et qui mériteraient, par les idées qu'elles traduisent comme par les formules qu'elles présentent, d'être inscrites en lettres d'or sur les tables de la loi de tous les peuples monarchiques du monde civilisé.

Les cartouches dont nous venons de parler étaient surmontés de trois trophées à triple étendard blancs, écussonnés de bleu à franges d'or, avec fleurs de lys aux quatre coins.

Ces drapeaux, d'une richesse égale à leur élégance, avaient été brodés par des dames et offertes par elles aux organisateurs du banquet pour la décoration de la salle. C'est un cadeau digne du travail, et un travail digne de celui qui en était l'objet.

Cette ornementation si parfaitement adaptée à l'esprit de la fête se trouvait complétée sur la table d'honneur par une pièce montée d'une façon très originale.

Cette pièce, faite exclusivement avec l'angélique, représentait, dans ses détails les plus héraldiques, le blason de la Maison de France surmonté de la couronne.

A peine est-il besoin d'ajouter que l'ensemble de cette décoration, qui produisait, au seul point de vue de la distribution des parties et de la répartition des couleurs, un effet aussi pittoresque qu'artistique, était surtout apprécié à sa valeur par le caractère symbolique et la portée politique qui s'en dégageaient.

C'était bien là l'emblématique trophée de cette foi monarchique qui a bravé toutes les révolutions, comme la royauté tant de siècles, et de cette espérance qui, comme les plantes, ne cesse de retrouver son printemps après avoir subi les épreuves de l'hiver.

La salle du banquet, qui eût été certainement trop petite, si nombre de royalistes n'avaient pas été empêchés de venir pour des raisons de famille, de santé ou de situation, se trouvait tout à fait en rapport, hier, avec le chiffre des convives : on en comptait près de 700. L'entrée dans la salle et l'opération du placement se sont effectuées dans un ordre irréprochable, en dépit d'une affluence énorme.

Messieurs les commissaires remplissaient leurs fonctions avec autant de bonne grâce que d'entente, tout le monde s'est plu à le constater.

A 2 heures précises, a commencé le repas. Les servants étaient en nombre tel et si bien répartis entre les différentes tables que les plats ont circulé avec une facilité surprenante, et que, d'un bout à l'autre du festin, il n'y a pas eu la moindre confusion.

Le déjeuner dînatoire était fourni par la maison Roblin-Bouchardeau, et le menu, indiqué sur des cartes aux armes de France et de Poitiers, était très confortable.

Les gâteaux montés, qui rivalisaient de prestance sur les tables avec les plantes plus ou moins géantes, étaient fournis par la maison Avenel.

Le banquet était présidé par M. le duc des Cars, représentant du roi. Il avait à sa droite M. le général de Ladmirault, sénateur de la Vienne, à sa gauche M. le général baron de Charette, M. le vicomte Mayol de Lupé, rédacteur en chef du journal l'*Union*, et M. de Saintenac, ancien commandant des dragons du Pape et ancien député.

On y remarquait ensuite, sans distinction de rang, plusieurs membres de la bourgeoisie, du barreau et du commerce, aussi bien que de l'aristocratie.

A cette table d'honneur étaient également
assis des cultivateurs et des artisans en
blouse. Leur présence résumait parfaitement
le caractère d'une fête de la famille royaliste.
A toutes les tables, en effet, se trouvaient
confondus des hommes appartenant à toutes
les conditions sociales, depuis la plus élevée
jusqu'à la plus infime, fraternisant de la
manière la plus simple, la plus cordiale, la
plus française, en un mot.

Les Mangins du régime actuel, qui por-
tent si haut leurs panaches de charlatans
devant les niais qu'ils exploitent, auraient
pu venir là prendre les-leçons de convenan-
ces dont ils auraient tant besoin. Eux qui se
contentent, pour se façonner, des tremplins
de popularité, de faire de la fausse popularité et de faire de l'égalitarisme à outrance
une réclame politique, ils auraient vu ce que
c'est que la liberté, l'égalité et là fraternité
bien comprises. Ils auraient forcément cons-
taté que dans cette masse d'hommes de tous
rangs, parmi les noms les plus illustres
comme les plus obscurs, riches et pauvres,
bourgeois et gentilshommes, patrons et ouvriers, régnait là une admirable cordialité ;
que chacun savait y rester à sa place en fraternisant avec une entière sincérité ; que
dans ces agapes du royalisme se manifes-
tait, dans son double éclat patriotique et
chrétien, la vraie démocratie française ;
que tous, tant que nous sommes, nous nous
considérons comme les enfants d'une même

mère, la patrie, comme les serviteurs d'une même cause, celle de la religion.

Ils auraient été obligés de reconnaître que l'auguste exilé en l'honneur duquel se trouvaient réunis des hommes de toutes les professions n'était pas un chef de parti, mais bien le Roi de tous les Français, animés comme lui du seul désir de voir le pays se relever de la décadence politique et sociale que lui a fait subir un demi-siècle de révolutions.

C'est ce qu'a fait ressortir, avec un sentiment plein de chaleur, de justesse et de vérité, M. le duc des Cars, dans l'allocution qu'il a adressée à l'assistance au commencement du dessert.

Voici le texte de cette allocution, d'une portée toute pratique, et qui a produit la meilleure impression sur l'auditoire :

Messieurs,

L'an dernier, nous nous étions séparés avec le désir de nous retrouver bientôt, et nous pouvions espérer, à cette époque, de célébrer ensemble la Saint-Henri.

Mais, en raison des tristes événement qui se sont produits quelques jours avant le 15 juillet, Monseigneur le Comte de Chambord, avec son tact exquis et son cœur de Français, nous a demandé de nous abstenir d'une démonstration qui aurait eu pour nous un caractère de fête incompatible avec les sentiments que nous inspiraient les violences imposées à notre malheureuse patrie, toute à la tristesse et au deuil.

Je ne suis pas surpris, Messieurs, de vous voir accourir aujourd'hui en si grand nombre pour célébrer l'anniversaire du jour où la Providence nous envoya le Prince qui fait notre espoir et qui sera notre salut. Plus nous allons, plus nous sentons la faute que nous avons commise d'avoir accepté d'autres voies et d'autres directions que celles de cette Monarchie dont nos pères avaient si sagement deviné la force et les bienfaits.

Cette imposante assistance, composée d'hommes appartenant à toutes les conditions sociales, est pour moi un sujet de joie et de confiance dans l'avenir.

Au milieu de nos appréhensions et de nos souffrances, nous avons du moins, comme consolation, une invincible espérance.

Votre présence ici ne me dit-elle pas en effet que ces funestes et ridicules préventions soufflées par l'envie et la haine, et favorisées par trop de crédulité en ceux qui les propagent, commencent à être appréciées à leur juste valeur !

Tous, vous méprisez ces propos que l'on répand avec des intentions odieuses sur les sentiments et les projets des partisans de la Monarchie.

Vous savez bien d'ailleurs que, contrairement à ce qu'on vous dit souvent, vous trouvez là plus d'aménité et de dévouement que partout ailleurs ; vous savez que le gouvernement deHenri V vous demanderait bien moins d'impôts et un nombre bien moins considérable de vos enfants que tout autre gouvernement.

Vous savez que l'industrie atteindrait son apogée, ayant pour elle la sécurité et le crédit.

Vous savez que l'agriculture, réglée par des lois sages, serait protégée et mise en honneur.

Vous savez enfin que notre chère patrie jouirait de la situation importante et honorée qui a été si longtemps la sienne.

Messieurs, permettez-moi de vous redire toute ma joie de vous voir ainsi unis dans une même pensée.

L'union fait la force ; et la vérité, qui éclaire, la prépare.

Notre réunion est bien l'image d'une famille et aussi celle d'un peuple tel que l'entend le Roi, tel qu'on doit souhaiter de le voir, et qu'il depend de tous de le réaliser.

Sous un bon gouvernement, l'union et la plus franche cordialité doivent présider à toutes les relations sociales, de quelque nature qu'elles soient.

Evidemment la situation de chacun dans la vie publique ne peut être la même ; mais tous contribuent à un but commun : l'un est la tête, l'autre l'estomac qui répand la vie, et d'autres enfin sont les membres qui agissent. Tous sont aussi nécessaires les uns que les autres à la marche régulière de l'ensemble, qu'elle s'appelle nation, armée, association, famille.

Le mérite, la dignité de chacun doivent toujours être reconnus, quelle que soit sa fonction dans la machine sociale.

Voilà ce que nous désirons tous, et voilà ce que le Roi seul nous donnera.

Comment pourriez-vous ne pas avoir confiance en Monseigneur le Comte de Chambord, l'homme le plus intelligent, le plus avenant, le plus ouvert que l'on puisse rencontrer ?

Tous ceux qui le voient l'aiment ; sa générosité est immense comme son cœur. Il ne veut pas qu'il y ait de malheureux auprès de lui, et si l'on parcourait les environs de sa résidence, on n'en trouverait pas à plusieurs lieues à la ronde.

Il est juste de dire qu'il a près de lui un ange qui plus tard s'appellera la Reine, et qui le seconde admirablement.

Personne, mieux que Madame la Comtesse de Chambord, n'a le secret de consoler les affligés ; personne ne s'entend mieux qu'elle à donner de ses augustes mains les soins les plus dévoués aux malades.

Cela ne l'empêche pas d'avoir reçu du ciel un port de reine et une tête de Marie-Thérèse.

Un des cousins de Mgr le Comte de Chambord, qui voyait, il y a dix ans, pour la première fois les deux augustes exilés, disait :

« Ah ! comme on les aimerait, si on les connaissait ! Le peuple en raffolerait ».

Ce ne sont que les ennemis de la France qui peuvent accumuler les calomnies pour éloigner le pays de ce Prince qui devrait être l'arbitre de ses destinées.

Ce sont encore les ennemis de notre patrie qui vous disent que Mgr le Comte de Chambord n'a pas le désir de venir en France.

N'a-t-il pas dit : « On peut abdiquer un droit, on n'abdique pas un devoir ? »

N'est-il pas doué de toutes les qualités nécessaires pour régner ? N'a-t-il pas la majesté et la bonté, la fermeté et l'intelligence ? Remonté sur le trône de ses pères, il sera dans son élément. Ayant étudié toutes les grandes questions sociales, il est prêt à résoudre toutes les difficultés.

A tous les honnêtes gens sans exception il veut donner son estime. Il vous parlera sans doute moins de la liberté et de vos droits que vous n'avez été habitués depuis quelque temps à en entendre parler ; mais vos droits et votre liberté seront, en revanche, véritablement sauvegardés.

La France ne manque pas d'honnêtes gens ni d'hommes de cœur. Le Roi saura les trouver.

Votre argent coulera sur un lit d'argile, au lieu de couler, comme aujourd'hui, sur un fond de sable ; il en faudra donc beaucoup moins, et vous garderez une meilleure part du produit de vos labeurs.

Monseigneur le Comte de Chambord est profondément religieux. A qui cela fait-il du mal ?

Il est extrêmement tolérant en tout, car il a l'âme la plus élevée qui se puisse voir.

On a dit encore que son parti n'était pas prêt pour gouverner.

Comment, parmi tous ces royalistes dévoués,

instruits, mêlés à toutes les grandes choses, versés dans l'agriculture, l'industrie, l'économie sociale, qui peuplent l'armée, la magistrature et le barreau ; comment le Roi, qui d'ailleurs a dit qu'il prendrait des conseils et des aides partout où il trouverait des hommes capables et honnêtes, ne rencontrerait-il pas les éléments nécessaires pour former une administration digne de lui et digne de la France !...

La vérité est qu'il a un gouvernement tout fait et tout prêt à fonctionner. Lorsque la France l'appellera, il n'y aura pour le pays d'autre transition que celle qu'éprouve un char longtemps cahoté dans un affreux chemin, et qui, retrouvant une bonne route, échange de mauvais chevaux et un détestable cocher contre un excellent équipage.

Il ne dépend que de nous de changer de conducteur. Revenons à la Monarchie. Henri V réparera tous nos maux, et il nous donnera la prospérité, ainsi que l'ont fait ses aïeux.

Soyons tous apôtres de la vérité, et nos compatriotes désillusionnés se rangeront en foule de notre côté.

Voyez d'ailleurs comme chaque année nos rangs grossissent ! C'est que le bon sens nous revient.

Remercions Dieu de nous avoir donné Henri V.

Vive le Roi ! Vive la Reine !

Les acclamations les plus chaleureuses ont accueilli cette allocution, qui s'est terminée par un toast plein d'élan à la santé du Chef de la Maison de France et par un long cri de : Vive le Roi !

M. le duc des Cars a ajouté :

MESSIEURS,

Vous allez avoir le plaisir d'entendre le si dévoué et si courageux vicomte Mayol de Lupé ; vous aurez ensuite la bonne fortune d'écouter M. le général baron de Charette, auquel nous devons tous des remercîments, car, grâce à lui, la France a pu dire une seconde fois : « Tout est perdu, fors l'honneur ! »

A la suite de l'allocution de M. le duc des Cars, M. le vicomte de Mayol de Lupé, rédacteur en chef de l'*Union*, prononça un discours d'une rare éloquence.

Après avoir salué, dans un langage plein de distinction, le général de Ladmirault, le général de Charette, le duc des Cars, président du banquet, notre éminent compatriote M. Ernoul, dont l'absence forcée faisait un si grand vide dans cette réunion ; après avoir évoqué le touchant et glorieux souvenir de notre second Hilaire de Poitiers, dont l'Eglise de France porte encore le deuil, M. Mayol de Lupé a traité de main de maître la grande question de la Monarchie traditionnelle, en stigmatisant, avec la verve d'un Juvénal, le régime qui, selon l'un des plus heureux mots, « nous mène à coups de décrets à l'abîme. »

Ce discours, d'une forme aussi littéraire qu'oratoire, nourri de pensées profondes, d'une élévation d'idées égale à la vigueur des arguments, a été accueilli par une double salve d'applaudissements et suivi, sur l'éloquent appel de M. de Mayol de Lupé, d'un double cri de : « Vive le Roi! »

Voici le texte de ce discours :

MESSIEURS,

Vous saluez de vos applaudissements le nom de Charette, et je joins mes applaudissements aux vôtres. M. le duc des Cars me donne la parole ; mais je serai bref. Je ne soumettrai point à une trop longue épreuve votre légitime impatience d'entendre le général de Charette, qui, portant dans ses mains le drapeau du Roi, a conquis une place d'honneur, par confraternité d'armes et d'héroïque dévouement, à côté des chefs de notre vaillante armée. Cette armée, Messieurs, est représentée au milieu de vous par un de ses plus glorieux soldats que le gouvernement a condamné au repos : repos momentané, qui nous apprend ce que la république fait perdre au pays et ce que nous aurons à lui rendre. (Cette délicate allusion à M. le général de Ladmirault, sénateur de la Vienne, présent

*

au banquet, est accueillie par de vifs applaudissements et les cris de : Vive Ladmirault !)

Dans une réunion comme la vôtre, le premier mot qui doit s'échapper des lèvres, n'est-ce pas le mot de ralliement qui fait des royalistes une seule et même famille, en attendant qu'il ait reconstitué dans sa force et dans son unité la grande famille française ? Pour répondre au bienveillant appel de votre respecté Président, pour ne point me sentir trop indigne de l'honneur qu'il a voulu m'accorder, étranger parmi vous, moi qui suis votre hôte, j'ai besoin de confondre le souffle de nos âmes, j'ai besoin de demander mon droit de cité à la foi qui nous anime et qui, d'un seul élan, nous entraîne tous sur la route royale des patriotiques devoirs, au cri de : Vive le Roi ! (Cris unanimes de : « Vive le Roi ! »)

A ce cri, Messieurs, toute distance disparaît, toute inégalité s'efface entre nous, pour marcher la main dans la main contre les insulteurs de nos croyances, contre les oppresseurs de notre pays, contre l'ennemi, installé en maître sur notre sol, oublieux des convoitises qu'il allume et des périls qu'il prépare par delà nos frontières, où veille un autre ennemi qui regarde par instant nos étranges gouvernants avec la complaisance satisfaite que mériteraient des complices.

C'est à ce cri que nous devons lutter, sans trêve ni repos, contre les tyrannies impudentes et les despotismes effrontés qui trafiquent de la Patrie, qui déchirent son sein tout sanglant

encore, qui flagellent sans pitié sa chair meur-
trie et qui consommeraient sa ruine, s'ils de-
vaient achever leur œuvre d'humiliation et de
honte. C'est à ce cri que nous pouvons briser le
joug révolutionnaire et nous avancer d'un
même pas sur le champ de bataille où se joue
la fortune de la France. C'est à ce cri que l'armée des honnêtes gens retrouvera sa vigueur
détruite par des expédients mensongers ou des
calculs trompeurs, et que nul, dans les rangs
de cette armée, ne se sera mis en route trop
tard, s'il veut loyalement, résolûment atteindre
le but commun devant lequel l'effort et la générosité n'ont point de date pour hâter le triom-
phe de la justice. (Bravos prolongés.)

. . . .

En parlant devant vous, Messieurs, j'éprouve
une grande confusion ; car je comprends trop
bien, la ressentant moi-même, toute la décep-
tion qui vous est infligée. Vous deviez espérer
qu'il vous serait donné d'entendre la voix élo-
quente et aimée d'un orateur qui est une de vos
gloires. (Applaudissements chaleureux qui s'a-
dressent à la fois à l'orateur et à celui dont il
veut parler.)

Votre éminent concitoyen, M. Ernoul, voué
à la défense de tous nos droits et de toutes nos
libertés, n'a plus ni le droit ni la liberté de
consulter ses préférences. Il vous appartient
assurément ; mais il appartient aussi à la France
chrétienne et monarchique, dont le service ne
permet à aucun de nous de se renfermer dans
la sphère de ses plus intimes attachements. Il

n'est pas au milieu de vous, et je m'associe à tous vos regrets ; mais sa pensée ne s'est pas éloignée, et son absence elle-même vous est un enseignement. En ce jour où vous êtes réunis pour acclamer le nom du Roi, il vous apprend, par son exemple, comment doivent être pratiqués le dévouement et la solidarité royalistes. Hier, il défendait ici la cause des opprimés, défendait la loi souffletée à coups de décrets, loi, dont plus de deux cents magistrats, démissionnaires, ont relevé le prestige par l'éclat de leurs protestations et de leur sacrifice. Demain, — car on me dit que le 17 octobre vous pourrez l'applaudir dans cette enceinte, — demain il reviendra, tout prêt à imprimer de nouveau le fer rouge de son éloquence sur le front de ces ministres qui vivent dans le mépris, pour disparaître sous la flétrissure ; qui, pris de la rage sacrilège de profaner ce qui est saint, de souiller ce qui est pur, veulent violer le sanctuaire du renoncement, de l'abnégation, du travail chrétien, et, pour perpétrer leur attentat, comme des voleurs de nuit, cherchent des fausses clefs que votre noble cité a su leur refuser. (Applaudissements répétés.)

Mais comment évoquer ce souvenir, à la veille d'une nouvelle expédition de crocheteurs, sans s'incliner avec respect devant cette magistrature qui résiste pour la liberté, cette magistrature dont votre concitoyen, M. Ernoul, fut un jour le chef, et que représente si fièrement le premier magistrat de votre Cour, inflexible dans son honneur et résolu à maintenir le droit contre ceux qui, suivant une parole que vous n'avez pas oubliée, sont la violence et craignent la justice. (Vifs applaudissements.)

Aujourd'hui, entre le crime d'hier et le crime de demain, tournant ses regards vers le réparateur attendu, l'avocat des proscrits, le défenseur des victimes est allé porter, avec la double autorité de son cœur et de sa parole, le salut fraternel du vaillant Poitou à la Bretagne fidèle. S'il n'est pas avec vous, eh bien! Messieurs, n'est-il pas vrai? nous sommes avec lui. Si sa place reste vide (et je n'essaierai pas de l'occuper), je puis, du moins, lui jeter l'écho de vos voix répétant le cri de l'espérance et du salut, qui retentissait, il y a quelques jours, d'un bout de la France à l'autre, qui, en ce moment même, retentit à Nantes et à Angers, pendant qu'il soulève toutes nos poitrines à l'unisson. Ah! Messieurs, qu'importe l'orateur, lorsque la cause est grande? Mais, du reste, c'est vous qui faites le discours, c'est vous qui affirmez et témoignez, c'est vous qui résumez d'un seul mot le passé de nos annales, et qui ouvrez le premier chapitre de l'histoire qu'attend la France des temps nouveaux; et la seule chose, ici, qui doive être écoutée, c'est la joyeuse et fière clameur de Vive le Roi! (Cris unanimes et enthousiastes de : « Vive le Roi ! »)

. . . .

Mais, Messieurs, il y a sur vos légitimes réjouissances une ombre de tristesse et de deuil. Royalistes du Poitou, vous êtes les membres d'une Eglise veuve. Les combattants restés

**

debout doivent un salut à la tombe du grand
lutteur, du saint pontife, de l'illustre Cardinal
qui, toujours sur la brèche, leur apprit à com-
battre. Son âme d'évêque était une âme française et ne séparait pas les deux causes qui ont
marqué de leur ineffaçable sceau les pages de
notre histoire, et dont l'entrelacement glorieux
a formé le diadème national que nous avons
perdu, mais que l'exil nous garde. Il est tombé
dans sa force, comme un athlète invaincu, et,
suivant un mot de cette Ecriture qu'il commen-
tait avec la vigueur de pensée, l'élévation de
langage qui donne la puissance de la doctrine,
il est mort et il nous parle encore. Prêtez l'o-
reille, écoutez ! Ne vous semble-t-il pas entendre cette voix qui s'est élevée jadis dans une
modeste église, sur les champs de Loigny, d'où
montait vers le ciel la prière du sang versé pour
la patrie, de ce magnifique holocauste offert à
Dieu et à la France par les Volontaires de l'Ouest,
zouaves du Pape, mais aussi, laissez-moi le dire
en regardant l'avenir, zouaves du Roi, et à ce
double titre deux fois français ? Le grand évêque de Poitiers citait cette devise d'un héros
Breton frappé par les balles allemandes sous
l'étendard du Sacré-Cœur : *A vero bello Christi!*
Le héros avait accompli sa tâche, la tâche que lui
traçait la devise des ancêtres. Mais l'enseignement n'est-il pas fait pour nous, et votre évêque
ne parle-t-il pas encore ? La vraie guerre du Christ!
ah ! Messieurs, c'est la guerre que nous avons
à soutenir, et, sur la terre de France, c'est aussi
la vraie guerre du Roi ! Et le Pontife s'écriait :

« Quels que soient vos efforts, jamais vous ne referez la patrie française, si vous ne refaites la patrie chrétienne ». Il ajouterait aujourd'hui : Pour refaire la patrie chrétienne, il faut lui rendre sa royale couronne, la couronne du sacre, dont le Roi très chrétien a le dépôt et la garde.

Et ici, Messieurs, je vous signale la cause qui perpétue l'épreuve. Si les conservateurs comprenaient tous enfin qu'il n'y a pas de conservation sociale là où la société ne repose pas sur le solide fondement de la légitimité du pouvoir ; si les catholiques comprenaient tous qu'il n'y a ni paix ni liberté religieuses là où le pouvoir politique n'est pas l'expression de la sainteté du Droit, la France serait délivrée et reprendrait le cours de ses traditions. Mais rassurez-vous, le mouvement est donné, et nous approchons du but. On nous dit bien parfois encore que le Roi est impossible. Répondons, Messieurs, que le Roi est nécessaire. (Energiques applaudissements.)

. . . .

Pour que les luttes politiques cessent de devenir des luttes religieuses, redoutables conflits où la liberté est toujours atteinte, il faut que le pouvoir politique soit, de par son principe, en état de paix avec les consciences. Pour conserver, Messieurs, il faut avoir un héritage. Conserver, c'est veiller sur un patrimoine qu'on lègue à ses fils après l'avoir accru, patrimoine moral et matériel, qui ne peut être respecté, si l'idée de Justice éternelle, si la notion de Dieu est bannie de la société. L'homme religieux

est le vrai conservateur ; et l'homme religieux
cesserait d'être un citoyen s'il n'était l'homme
de la Tradition. La Tradition ! ce mot, Messieurs, me fait tressaillir, à la pensée de l'héri-
ritage des siècles écoulés, en face de l'avenir qui
nous en demandera compte ! La Tradition, ce
n'est pas une sorte de fétichisme à l'usage des
esprits immobiles ou chagrins. Non, non, c'est
la religion de la Patrie marchant d'un pas assuré
à la conquête de tous les progrès sous une loi
continue d'ordre et d'harmonie.

La Tradition, c'est le seul principe qui puisse
être opposé à la doctrine de la Révolution ; c'est
la flamme du foyer national projetant ses lueurs
sur la route à suivre par les générations qui se
succèdent.

. . . .

Ayez confiance, et n'ayez peur ; le jour des
réparations approche, et la victoire est certaine,
si nous savons la mériter par la constance et
l'énergie de nos efforts. . . . .

Tout s'écroule autour de nous ; mais le Roi
reste debout, et tout viendra s'appuyer sur le
principe d'ordre et de stabilité, sur le principe
de réforme et de vie que nous avons l'honneur
de soutenir.

La dignité de l'armée, l'indépendance de la
magistrature, le respect des libertés publiques,
la protection de nos droits, la paix des consciences, tout ce qui constitue la vie de la France
réclame une autorité tutélaire, cette autorité qui
seule peut mettre chaque chose à sa place et
chaque homme à son poste, l'autorité du Roi,

du fondé de pouvoirs nécessaire à la perpétuité de la Patrie. (Bravos ! bravos !)

. . . .

Le Roi, Messieurs, c'est le principe constitutif de la nation française, c'est le principe même de la vie nationale se déroulant à travers les âges, comme un fleuve majestueux qui rejette sur ses rives les scories du temps et emporte dans sa course les semences que chaque siècle vient verser en son lit pour féconder ses eaux.

Le Roi manque à la France, et, privée du Roi, la France manque à l'Europe. De là ce grand trouble précurseur des crises prochaines ; mais, sachez-le bien, c'est la timidité. c'est la résignation des honnêtes gens qui font l'audace de leurs adversaires. La résignation est une vertu dans la vie privée. Dans la vie.publique, se résigner, c'est abdiquer, et souvenez-vous de cette parole qui devrait suffire à renverser l'échafaudage de mensonges que vous signalait M. le duc des Cars, cette parole de Henri de France prêt à se dévouer tout entier au salut de son pays : « On n'abdique pas un devoir. »

. . . .

Redressez-vous donc, Messieurs ; accomplissez le devoir, tout le devoir ; serrez-vous autour de vos chefs, repoussez l'égoïsme de l'indifférence et de l'isolement ; soyez unis, affirmez et luttez. Comme des combattants qui entendent le signal, levez-vous, je vous le demande, levez-vous tous, pour pousser le cri qui nous apprend à bien vivre, qui nous apprend à mieux mourir ; et

d'une seule bouche comme d'un seul cœur,
dites avec moi : Respect à la Tradition! Vive
le Roi! Honte et défi à l'ennemi ! Vive le Roi !
Salut à l'Avenir! Vive le Roi!

La salle tout entière se lève frémissante
et pousse les cris unanimes et prolongés de :
« Vive la France! Vive le Roi! » Elle acclame
également à plusieurs reprises l'éloquent
orateur.

Le héros de Patay s'est ensuite levé, et,
dans une courte allocution tout imprégnée
de ce patriotisme légendaire qu'il a déployé
sur tant de champs de bataille, il a montré
ce qu'était le royalisme au double point de
vue du patriotisme et de la défense religieuse et sociale.

Nous sommes heureux de pouvoir donner
aujourd'hui même ce discours qui, dans sa
brièveté, porte si bien le cachet de l'âme
chevaleresque du général de Charette.

MESSIEURS,

Après le merveilleux discours que vous venez
d'entendre, je devrais me taire. Mais je me sou-
viens.

Il y a dix ans, les survivants de Patay venaient
frapper à vos portes. Tous, à l'exemple de votre
immortel évêque, vous nous avez ouvert vos
cœurs; vous nous avez secourus, soignés, ré-
confortés.

Voilà pourquoi je me sens aujourd'hui sincèrement heureux de venir saluer en vous les amis du régiment, heureux de votre appel, heureux de m'associer aux sentiments qu'inspire cette belle réunion.

Messieurs, c'est au milieu de vous que le colonel d'Albiousse adressait aux zouaves cette grande parole :

« Tant qu'il y aura en France un Christ et « une épée, nous n'avons pas le droit de désespérer. »

Cette vérité, qui résume tout ce que nous sommes, et tout ce que nous voulons, ravive nos fermes espérances, dont les excès croissants de la révolution rapprochent visiblement le terme,

Désespérer ! jamais. — Dieu est avec nous ; car c'est son règne que nous appelons, c'est l'ordre légitime que Dieu a établi dans le monde et que la révolution a *momentanément troublé*.

Le Christ et l'épée ! — C'est bien ici le lieu de proclamer cette devise : ici, à quelques pas de la tombe où dort votre grand Cardinal, ce grand docteur de l'Eglise dont le souvenir et le nom exhalent un parfum d'espérance et de foi !

Le Christ et l'épée ! — Qui tiendra cette épée ? Qui nous ramènera Dieu dans ses temples, dans les écoles, dans la famille et dans le gouvernement ? Qui, si ce n'est le Roi ?

Debout ! Messieurs.

Vive le Christ, qui aime les Francs !

Vive le Roi, fils aîné de l'Eglise !

Un long cri de : Vive le Roi ! a fait écho à ce discours très applaudi.

Ajoutons que sur une table spéciale, placée en face de la table d'honneur, 18 zouaves pontificaux constituaient à leur Bayard un état-major digne de lui.

M. le vicomte Mayol de Lupé a donné ensuite lecture de l'Adresse au Roi, conçue dans les excellents termes que voici :

MONSEIGNEUR,

Les habitants du Poitou, accourus pour célébrer l'anniversaire de votre naissance, tiennent à vous affirmer leur inaltérable dévouement pour le Chef de la Maison de France.

Nous savons que vous seul, Monseigneur, vous donnerez la paix et la liberté, si utiles aux travailleurs pour gagner honnêtement leur vie.

Ouvriers et cultivateurs, riches et artisans s'unissent pour faire entendre jusqu'au fond de l'exil les vœux ardents pour votre retour, et le cri de leur cœur :

VIVE LE ROI !

A cette lecture, saluée par une immense acclamation d'enthousiasme , a succédé l'exécution de l'*hymne à Henri V*.

M. Dessane, l'organiste si apprécié de la cathédrale, tenait le piano d'accompagnement. Ce chant d'une gravité pénétrante, où paroles et musique semblent se fondre complètement sous le souffle du patriotisme monarchique, a été très brillamment interprété.

La salle entière, du reste, s'associait, en reprenant le refrain, à cette manifestation vocale.

Elle a été suivie de toasts portés tour à tour par MM. Surault, cultivateur de Migné, et Augouard, teinturier.

Voici le toast de M. Surault :

Messieurs, j'ai l'honneur de boire à la santé de Mgr le Comte de Chambord, l'espérance de toutes les honnêtes gens, de tous les ouvriers sensés et des laborieux cultivateurs. Henri V n'est-il pas le petit-fils de Henri IV qui voulait que le paysan, le laboureur pût mettre chaque dimanche la poule au pot ? L'héritier légitime de la couronne de France n'a pas dégénéré dans sa race. Le même sang coule dans ses veines. Monseigneur le Comte de Chambord l'a déclaré solennellement : il veut le bonheur du peuple. Avec lui nous verrons le commerce prospérer et fleurir la vraie liberté. A chacun son métier, et les vaches seront bien gardées, dit un vieux proverbe. La France sera bien gardée quand son Roi légitime la gouvernera.

Messieurs, buvons à la santé et au retour de Henri V.

Voici le toast porté par M. Augouard, teinturier, au nom des ouvriers :

MESSIEURS,

Permettez au doyen des ouvriers ici présents de venir s'associer, en leur nom, aux sentiments qui viennent d'être exprimés.

Nous aussi nous voulons boire à la santé de ce prince qui a donné de si fréquentes marques d'affection aux ouvriers français, et qui viendra bientôt, nous en avons la confiance, nous rendre la liberté, la paix et le travail.

Ces toasts, animés de cette éloquence du cœur qui est si naturelle dans notre bon pays de France, ont produit sur l'assistance une vive impression.

La bonne démocratie dont nous parlions plus haut s'affirmait, en cette circonstance, dans la simplicité, dans la vivacité et dans la noblesse de ses sentiments.

Au moment où les assistants allaient se séparer, M. le duc des Cars, se faisant l'interprète des sentiments de tous, s'exprima en ces termes :

Messieurs, permettez-moi de vous demander de vifs remerciements pour la famille qui nous a offert ce local. Ses chefs, retenus par la souffrance, ne peuvent recevoir eux-mêmes ici l'expression de notre gratitude.

Nous savons combien ils sont avec nous de cœur, et ils sont d'ailleurs représentés par un jeune homme dont vous connaissez le dévouement et auquel revient le mérite de l'excellente organisation de cette fête.

Je vous remercie tous, Messieurs, de votre concours. Cette réunion si nombreuse et si cordiale aura été un spectacle utile et consolant. Elle aura prouvé au pays toute la vitalité du parti auquel nous nous honorons d'appartenir, et elle portera ses fruits. La tempête devient de plus en plus menaçante et le Roi sera bientôt le seul phare qui apparaisse aux hommes les plus éloignés de la monarchie. — Nos rangs alors se grossiront et nous deviendrons la majorité victorieuse.

Remercions tous ensemble , Messieurs , cet illustre général de Charette dont le nom est synonyme de bravoure et d'honneur, d'être venu ranimer nos courages. Remercions aussi le zélé vicomte de Mayol de Lupé de nous avoir apporté les enseignements fortifiants de sa chaude éloquence.

Merci à tous, Messieurs, et Vive le Roi !

L'assistance tout entière a répondu à cet appel par une chaleureuse acclamation.

Pendant qu'on procédait par table à la signature de l'Adresse, nombre des convives entonnaient des chansons royalistes dont les refrains étaient pris en chœur.

Entre temps, l'un des assistants prenait un drapeau et montait sur l'estrade en chantant un hymne royaliste qui trouvait dans la salle un formidable écho.

Vers 5 heures se terminait le banquet, au milieu des chaleureuses poignées de main échangées entre des hommes de toutes conditions. Les convives se retiraient peu à peu, dans un ordre aussi parfait que celui avec lequel ils étaient entrés.

Les centaines de personnes qui avaient assisté au banquet étaient unanimes pour reconnaître qu'il avait eu un succès complet et pour déclarer qu'elles en garderaient le souvenir le plus français.

Cette manifestation avait été marquée, en effet, au coin du plus pur patriotisme.

Le patriotisme est l'âme même du royalisme ; et crier : « Vive le Roi ! » c'est crier : « Vive la France, faite par la Royauté capétienne ! »

(Le Courrier de la Vienne.)

CONFÉRENCE ROYALISTE DE POITIERS

DU 17 OCTOBRE.

La magnifique manifestation qui a eu lieu le 10 octobre à l'hôtel de Lusignan a été complétée, ou plutôt couronnée par celle qui s'est produite dimanche.

La salle dans laquelle s'était donné le banquet se trouvait décorée et pavoisée comme le dimanche précédent.

L'assistance était trois fois plus considérable. A cette seconde réunion, ainsi qu'à la première, des artisans, des cultivateurs étaient assis à côté d'hommes appartenant aux plus hautes situations. Toutes les conditions sociales y étaient largement représentées. Cette vaste salle, remplie d'une foule sympathique, offrait un aspect aussi pittoresque qu'imposant.

A deux heures, l'ancien ministre de la justice faisait son entrée au milieu de chaleureuses acclamations.

Il venait bientôt après prendre place sur l'estrade d'honneur, à la droite de M. le duc des Cars, qui avait à sa gauche M. le mar-

quis de la Rochethulon, ancien député de la
Vienne.

Monsieur le président ouvre la séance en
prononçant l'allocution suivante, pleine d'à-
propos et très applaudie :

MESSIEURS,

« Il y a huit jours à peine, avait lieu dans
cette même salle une de ces manifestations
qui laissent au cœur de ceux qui y prennent
part un souvenir impérissable.

« Cependant cette réunion n'était pas com-
plète, car nous avions à regretter l'absence de
notre ami et compatriote M. Ernoul, l'une des
gloires du Poitou, en même temps que l'un des
plus vaillants défenseurs de la cause royaliste
et religieuse.

« Appelé ailleurs , dimanche dernier , par
d'impérieux engagements, M. Ernoul vient aujourd'hui nous dédommager en nous apportant
les enseignements de sa persuasive éloquence.

« Cette conférence, Messieurs, sera le digne
couronnement de notre précédente réunion.

« La parole est à M. Ernoul. »

M. Ernoul se lève, aux applaudissements
de l'assistance, et prononce un magnifique
discours, dont nous ne pouvons donner
qu'une très imparfaite analyse.

L'orateur commence par témoigner de ses
regrets de n'avoir pu assister au banquet

du 10 octobre ; mais il avait l'honneur de porter la parole à Nantes, au nom de son cher Poitou, dans une circonstance où la fidèle Bretagne était l'écho vibrant des sentiments qui animaient nos compatriotes.

Il exprime ensuite la joie qu'il ressent d'être appelé à parler devant une assemblée composée d'amis, et il se félicite de pouvoir y épancher complètement son cœur.

D'unanimes bravos saluent cette brillante entrée en matière.

M. Ernoul aborde son sujet en disant qu'il vient à la fois signaler le mal de notre situation politique et sociale, et indiquer le remède qui seul peut nous sauver.

Ce mal de la situation, l'ancien garde des sceaux le caractérise par ces deux mots prononcés récemment par un homme d'Etat qui ne partage pas nos convictions : « Nous enfonçons ». L'orateur tire de cet aveu une brillante comparaison dans laquelle il montre le navire qui porte la fortune de la France descendant aux abîmes, pendant que ceux auxquels est confiée la direction du vaisseau se livrent au plaisir et, malgré leurs supplications, empêchent l'équipage et les passagers de lutter contre la tempête.

Quelle est la cause essentielle des périls que nous courons ? c'est l'existence d'un régime absolument contraire aux traditions, au tempérament et aux nécessités de notre pays. La constitution de 1875, votée à la majorité d'une seule voix, n'a qu'une qualité, c'est d'être révisable dans le sens monarchique. En demandant sa révision, nous sommes non seulement dans notre droit, mais dans la plus stricte légalité. M. Ernoul rappelle dans quelles conditions a été votée la constitution de 1875, et comment le gouvernement lui-même a reconnu, par ses déclarations officielles, que le pays resterait toujours libre de changer ce régime.

S'appuyant sur ces données incontestables, l'orateur établit qu'il n'y a aucune ressemblance entre la situation des Etats-Unis, la seule république qui nous soit offerte en exemple, et celle de la France.

Les origines des Etats-Unis, leurs mœurs, leur organisation fédérale sont parfaitement appropriées à leur constitution républicaine ; la France, au contraire, par ses traditions, son histoire, sa centralisation, toutes ses habitudes, est essentiellement une monarchie. Aussi la République n'est-elle chez nous qu'une aventure révolutionnaire, qu'un expédient de circonstance, qu'une anarchie dissimulée sous les formes d'un césarisme bâtard, que l'exploitation du pays par un parti. — Si elle a une histoire, navrante pour le patriotisme, elle est la terreur, la ruine, l'invasion, le démembrement.

Les applaudissements éclatent de tous côtés, à la suite de cet éloquent parallèle.

M. Ernoul montre la domination d'un parti qui s'attaque avec un acharnement

jacobin à la plus glorieuse, à la plus an-
cienne, à la plus nationale de nos institutions, au catholicisme qui a façonné la
France, qui l'a rendue l'apôtre de la civilisa-
tion moderne, qui lui a donné la magistrature de l'Occident, qui a étendu son empire
moral jusqu'aux confins de l'univers.

Sous le couvert de cette formule perfide :
« le cléricalisme, voilà l'ennemi ! » on com-
bat à outrance le catholicisme dans l'école et
dans la famille, on confisque les libertés les
plus précieuses ; on porte atteinte aux droits
les plus inaliénables, on frappe les citoyens
les plus inoffensifs, on bouleverse la société
tout entière. Ce qu'il y a de révoltant surtout, c'est que les hommes qui se livrent à
ces odieux procédés exécutent leurs plans
avec une hypocrisie raffinée et cherchent à
tromper effrontément la France.

Ces hommes espéraient endormir l'opi-
nion à l'aide de déclarations mensongères
et trompeuses ; mais la France tout entière
s'est soulevée d'indignation contre cette
inique procédure.

Elle s'est soulevée contre un système de
gouvernement qui aboutit à porter le trouble
jusque dans le plus humble foyer, et à mena-
cer la sécurité, la liberté, la conscience de
tous les citoyens.

Et pour quel motif tant de ferments de
discorde ont-ils été jetés dans le pays ?

Un jour, la France a appris avec stupeur
que dans les établissements d'enseignement

dirigés par les congréganistes, et dont les élèves s'étaient en grand nombre couverts de gloire sur les champs de bataille de la science et de la défense nationale, il y avait un péril pour la patrie. Un péril social dans les collèges qui sont depuis trente ans l'honneur et la prospérité du pays, une pépinière de soldats, de magistrats, de fonctionnaires distingués, quelle comédie!

Pour la jouer, on est obligé d'exhumer de prétendues lois absolument tombées en désuétude et qui ont si peu de vitalité que, contrairement à tous les usages juridiques et législatifs, elles sont déclarées existantes, parce qu'elles n'existent pas.

Au nom de ces pseudo-lois qui n'ont en réalité que le caractère de décrets césariens, les libertés fondamentales se trouvent livrées à l'arbitraire du pouvoir. Des citoyens en possession de tous leurs droits civils et politiques sont violemment expulsés de chez eux.

Le gouvernement pousse le cynisme jusqu'à vouloir transformer un tribunal purement administratif, le tribunal des conflits, en juge suprême de questions de violation de domicile et de propriété, d'attentats, de violences qui sont essentiellement du ressort de la justice ordinaire.

C'est du sanctuaire même de cette justice que sont parties des protestations contre cette inqualifiable violation des règles élémentaires du droit commun.

200 magistrats, des parquets entiers donnent leur démission. 2,000 avocats, représentant tous les barreaux de France, signent la consultation de Mᵉ Rousse. M. Ernoul, en rappelant ces deux faits, déclare, aux applaudissements de son auditoire, qu'il se félicite d'avoir été à la tête d'une magistrature qui donne de si beaux exemples, et d'appartenir au barreau qui s'associe à de si glorieuses manifestations !

Il y a plus ; le gouvernement avait dit : « Les tribunaux décideront ». Les tribunaux ordinaires saisis par les victimes des décrets se déclarent tous compétents, à l'exception de deux.

Le gouvernement entrave le cours de la justice, parce que la justice ne lui donne pas raison, et il poursuit son ignoble besogne dans des conditions de plus en plus scandaleuses.

Faisant alors allusion à l'expulsion qui vient d'avoir lieu au collège Sainte-Marie de Toulouse, l'orateur la stigmatise avec une chaleur, une énergie, une éloquence qui ont provoqué de longs bravos.

J'en appelle à tous les hommes de bonne foi, s'est-il écrié, pour nous dire quel mal ont pu faire au pays ces magnifiques collèges des Jésuites dont la France est si justement fière, qui, partout où ils sont établis, sont une source de prospérité pour les villes et de bienfaits pour les pauvres.

Les iniquités se développent en s'enchaînant. Ces congréganistes qu'on a chassées de chez eux, on veut les priver du droit d'enseigner à titre individuel. Le Sénat avait repoussé l'article 7 qui leur enlevait ce droit. Le gouvernement, n'ayant pu leur fermer la bouche, entend les tuer.

Le Sénat, qui devait être le régulateur du mécanisme constitutionnel, se trouve en fait invalidé par le pouvoir exécutif.

Les maîtres du pays exécutent sans entraves, en toute liberté comme en toute impunité, le programme qu'ils s'étaient tracé lorsqu'ils avaient dit : « Le cléricalisme, voilà l'ennemi ! » ; déjà ils se flattent de pouvoir imposer aux familles leur système radical d'éducation et de rendre l'athéisme scolaire obligatoire.

Voilà le mal dans son effrayante réalité. Notre éminent compatriote l'a signalé et caractérisé avec une vigueur de traits, une précision de détails dont cette rapide analyse ne saurait donner une idée, et qui a produit sur l'auditoire une profonde impression.

Cette impression s'est encore accrue lorsque M. Ernoul est venu indiquer d'une façon saisissante le remède qui doit être apporté au mal politique et social de l'heure présente.

La monarchie qui a fait la France peut seule la refaire, tel est le résumé de cette thèse ; la démonstration en a été pleine d'éclat, de logique et de puissance.

A l'instabilité d'un pouvoir révisable qui

s'appuie sur des hommes et non sur des institutions, la monarchie oppose une stabilité
inhérente au principe de l'hérédité et une
constitution conforme au tempérament du
pays.

À cette prétendue souveraineté du peuple
qui est un perpétuel devenir et n'a, depuis
cinquante ans, abouti qu'à nous mener de
l'anarchie au césarisme, des expédients aux
catastrophes, la Monarchie oppose un pouvoir placé au-dessus de toutes les compéti-
tions de parti, et soumis au contrôle perma-
nent des représentants de la nation.

À cette République qui se trouve vouée à
l'isolement politique au milieu des Etats
monarchiques de l'Europe, le régime dont
nous parlons oppose un système d'alliance
fondée sur les vieilles traditions de l'Europe et les relations de familles dynasti-
ques.

Après avoir déduit de ce contraste si frap-
pant une démonstration irréfutable de la
nécessité de la Monarchie, M. Ernoul rappelle l'histoire de cette Prusse qui, réduite
à la dernière extrémité au lendemain d'Iéna,
parvenait, sous l'égide de sa monarchie
traditionnelle, à constituer l'empire d'Alle-
magne, pendant que, d'aventures en aventures, de bouleversements en bouleversements, la France en arrivait à ne pouvoir
même pas garder les frontières de Louis XIV.

Ces frontières, la Monarchie traditionnelle
les avait sauvées par deux fois, en 1814 et

en 1815, à la suite de désastres inouïs et d'une double invasion.

La restauration des Bourbons a été la restauration d'un peuple, ajoute M. Ernoul, aux applaudissements répétés de son auditoire ; ce qui s'est produit se renouvellera encore : le passé est le meilleur garant de l'avenir.

La situation, d'ailleurs, semble nous amener de plus en plus à la reconstitution de l'ordre de choses national interrompu, mais non détruit par la Révolution.

Dieu n'efface que pour écrire, a dit un penseur. M. Ernoul ajoute avec raison : quand il simplifie, c'est pour reconstruire.

Or, il est évident que les événements ont déjà beaucoup simplifié. Le trompe-l'œil d'une république dite conservatrice est complètement détruit. La République des républicains est obligée de se démasquer ; elle mène le pays à sa perte.

L'héritier de Napoléon III est mort héroïquement sur la terre étrangère. Devant sa tombe se sont inclinés tous les partis. Son héritage dynastique est entre les mains d'un homme qui ne remplit aucune des conditions pour représenter un empire conservateur. Il a approuvé les décrets ; c'est tout dire.

Il n'y a plus en présence maintenant que la République et la Monarchie : l'une représentant la Révolution, qui compromet fatalement les destinées de notre pays ; l'autre s'identifiant avec la France chrétienne, avec la France honnête, avec la France du droit, de la liberté, du travail, de la justice.

Après avoir développé ces considérations si appropriées aux circonstances, notre éminent compatriote évoque, dans un mouvement oratoire plein d'inspiration, un des plus brillants souvenirs de notre histoire locale.

En 1452, dit-il, le Dauphin apprenait, à deux pas de cette enceinte, dans la grande salle du palais des comtes de Poitou, que son père venait de mourir et que le roi d'Angleterre avait été proclamé roi de France à Paris. — La foule rassemblée dans l'antique palais acclamait l'avènement du successeur de Charles VI aux cris de : Vive le Roi ! Quelques années après, la France, délivrée du joug de l'étranger, retrouvait sa glorieuse place parmi les nations de l'Europe.

M. Ernoul prend occasion de cet heureux rapprochement pour rappeler tout ce qui s'est fait de grand sur cette terre du Poitou : « une terre de saints et de héros ».

C'est à vous que je fais particulièrement appel, s'écrie-t-il, pour hâter la solution qui peut seule remédier au mal que nous subissons.

Cette solution s'impose de plus en plus, car il n'y aura bientôt plus de choix qu'entre la Monarchie traditionnelle et la Commune.

D'ici peu, les honnêtes gens de toutes les opinions se rangeront du même côté;

Ces dernières paroles ont été saluées des cris répétés de : « Vive M. Ernoul! Vive le Roi! Vive la France! »

Notre éminent compatriote a fait mieux que d'obtenir un de ses plus brillants succès oratoires. Il a produit sur son auditoire une de ces impressions qui ne sauraient s'effacer.

Il a merveilleusement démontré que, selon une de ses plus heureuses formules, « la République nous tue, la Monarchie traditionnelle peut seule nous sauver. »

M. le duc des Cars, qui occupe avec tant de dignité la haute situation qui lui appartient dans le département, a clos la séance par ces paroles :

Messieurs,

Après les paroles si éloquentes que vous venez d'entendre, je ne puis que vous engager à méditer les sages enseignements qui viennent de vous être donnés et à les répandre autour de vous.

Le danger est imminent, Messieurs; il faut nous montrer à la hauteur de la situation.

Soyons tous *hommes d'action*.

Quelque sombre que soit l'avenir, quelles que soient les difficultés qui s'opposent à nos efforts, ne nous décourageons pas.

Cherchons à faire la lumière dans les esprits; dissipons ces préjugés que l'ignorance favorise et que la calomnie entretient contre les institutions qui seules peuvent donner à la France la liberté, la paix et le bonheur.

Luttons avec énergie, Messieurs ; c'est à ce prix que nous nous rendrons dignes de la restauration monarchique. Nous sommes Français, c'est-à-dire Francs ; pour exercer cette vertu de franchise qui est dans notre sang, il faut la liberté. Demandons-là pour faire le bien comme nos pères l'ont toujours exigé.

Au revoir, Messieurs.

VIVE LE ROI !

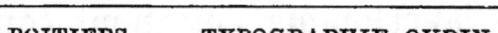

POITIERS. — TYPOGRAPHIE OUDIN.

www.ingramcontent.com/pod-product-compliance
Lightning Source LLC
Chambersburg PA
CBHW061659180626
46818CB00003B/1173